エッセイ集 vol.2

医学、文学、自分のこと

The Second Volume of Essays:
Medicine, Literature, and My Life in Japan

伊藤和光
Kazumitsu Ito

エッセイ集 vol.2：医学、文学、自分のこと

The Second Volume of Essays:
Medicine, Literature, and My Life in Japan

伊藤和光
Kazumitsu Ito

はしがき

　この本は、エッセイ集の２作目である。

　幸いなことに、前著『エッセイ集：日本文学が教えてくれたこと』は好評だったため、再び、エッセイ集を発刊することとなった。

　この本では、よく質問される話題を、主なテーマとしている。

　なるべく難しい専門用語は使わないで、平易な言葉で書き記すよう、努力したつもりである。

目　次

　　はしがき　　　　　　　　　　　　　　　　3
1　病気のこと　　　　　　　　　　　　　　　7
2　発達障害という問題　　　　　　　　　　　11
3　好きな俳優・五人について（中国・韓国編）　15
4　筆者が子どもの頃の日本では…　　　　　　19
5　ゲーム機で世界的に有名な、日本の企業
　　「任天堂」　　　　　　　　　　　　　　　21
6　楊素秋（著）『日本人はとても素敵だった』　25
7　自分の半生を振り返ると…　　　　　　　　27
8　著作権について　　　　　　　　　　　　　35
9　イエス・キリストと松下松蔵：
　　病気治療の奇跡について　　　　　　　　　39
10　家猫の独り言　　　　　　　　　　　　　　47
11　ネコちゃんは、天国に行くと…　　　　　　49

12	東大に合格するには	51
13	現代の神話:『エイリアンインタビュー』と『マトリックス』	55
14	夏目漱石という稀有な大天才	61
15	現代芸術の鑑賞という特殊な臨床場面では	71
16	通信教育課程の大学院	77
17	繰り返し見るリアルな夢は	81
18	著書は全て、スマホで書いた	83
19	渡部昇一(著)『知的生活の方法』について	89
20	映画『スマホを落としただけなのに』を観て	97
21	この世では、結ばれなくとも	105
22	「メランコリア」の底には	111
23	ポピュラー音楽における実存哲学の系譜	119

1、病気のこと

1、病気のこと

　一番、楽な死に方は、老衰だと言われている。
　筆者の実母は、病院で一日中眠っている間に、いつのまにか亡くなっていた。すなわち、昼過ぎに筆者がお見舞いに行った時にはイビキをかいて寝ていたが、その夜、準夜勤の看護師が血圧などを測りに行ったら、既に心肺停止の状態だったそうである。
　寝ている間にいつの間にか苦しまずに亡くなったのは、日頃の功徳のためであろうと、葬儀の際には和尚から言われた。
　なお、筆者は定期的に一日中眠ってしまう時期があり、そのような時には、このまま目を覚さないこともあるかもしれないと、ふと考えたりもする。

　病気の中で一番痛いのは、陣痛であると言う人もいる。

1、病気のこと

　胎児が体内で動き移動して、しかも、狭いvaginaを大きな頭部の胎児が通って出て来るのだから、さぞ痛いだろうと想像される。

　陣痛は病気ではないが、女性しか陣痛を経験しないのは、不公平だとする人もいる。

　ちなみに、筆者は男性であるため、一番痛かったのは、尿管結石だった。人により、ガンの末期もかなり痛いらしく、麻薬を痛み止めとして処方する場合もある。

　なお、痛みの感じ方は、不思議なことに、かなり個人差がある。出産に関しても、ちょっとした便秘程度であったと、けろりと言うご婦人もいる。

　医学部には疫学という学問分野があり、特定の地域や集団で、どのような病気や健康問題がどのくらい発生しているか、また、その原因となる要因は何かを調査・分析している。

　精神科の統合失調症という病気は、近代にな

り世界の都市部で発生しており、最近では軽症化していると言われている。

　同じ精神疾患でも、いわゆる躁うつ病が古代から、ヒポクラテスの時代から記述されているのとは、全く異なっている。

　その疫学的な研究を見ると、どうしても、統合失調症の「ウィルス原因説」を捨てきれない。少なくとも、ウィルスが発症するきっかけの一つになっているのではないかと、筆者は個人的に考えている。

　Ｃ型肝炎も、原因となるウィルスは、後世になり発見されたという経緯がある。

　統合失調症に対する偏見や差別は、現在でも見られると言う。

　もし、インフルエンザと同じようなウィルス感染症かもしれないとしたら、統合失調症患者、および、その家族の人格や人生を否定するような言動は、厳に慎むべきであると思われる。

2、発達障害という問題

2、発達障害という問題

 筆者は、眼科クリニックの院長をしており、また、コンタクトレンズを販売するショップとも、日常的に仕事上のおつきあいをしている。
 その中で、一番困るのは、新入社員の発達障害という問題である。

 筆者が子どもの頃には、学年に一人か二人、発達障害の同級生がいた。それが近年には増えて、クラスに一人か二人は、発達障害の子どもがいるとも言われている。

 特に問題なのは、大学を卒業して、就職してから発達障害の問題が顕在化するケースである。
 筆者の経験でも、関連病院や近隣のショップも含めると、毎年のように発達障害を持った新入社員の問題が起こっている。

2、発達障害という問題

　何回教えても、仕事を憶えられない。結局は、転職していくか、最近では、契約を延長しないと伝えることもある。

　何らかの取り組みが、国を挙げて必要であると思われる。

3、好きな俳優・五人について
　　（中国・韓国編）

3、好きな俳優・五人について
　（中国・韓国編）

　まず、中国のリャンジェイ。

『君（あなた）になるあの日』（2021年）が、印象的である。

　このドラマは、男女の心が入れ替わるラブコメディだが、物語の最後は、次のような言葉で結ばれている。

　いつか人は、運命の相手と出会うだろう。まるで、心と心が入れ替わったことがあるかのように、お互いの気持ちを深く理解しあえる、運命の人と出会うことが出来る……。

　リャンジェイの主演作としては、『寵妃の秘密』シリーズ（2017年－）も興味深い。

　次に、韓国のイセヨン。

『カイロス〜運命を変える１分〜 』（2020年）が、秀逸だった。

3、好きな俳優・五人について（中国・韓国編）

　10時33分から1分間だけ、1ヶ月前の相手と携帯電話で話ができる。そこから、複雑な事件を解決していく。極めて良く練られた、サスペンス物語である。

　イセヨンは、『チャングムの誓い』（2003年—2004年）で、チャングムのライバル相手の子ども時代も好演した。

　さらに、韓国のチャンドンゴン＆パクヒョンシク。
『SUITS／スーツ〜運命の選択〜』（2018年）が、素晴らしかった。

　法律事務所における、弁護士と偽弁護士の人間劇である。さまざまな事件を、二人でテンポ良く解決していく。

　米国の原作ドラマよりも、韓国におけるこのリメイクの方が、格段に面白い。

　最後に、韓国のハンソヒ。
『夫婦の世界』（2020年）において、不倫相手

の悪女役が名演である。

　このドラマの根底には、夫婦・家族に関する、深い意味合いが含まれている。非常に印象深い作品である。

　ハンソヒは、名実ともに、韓国の若手No.1女優と言えるだろう。

4、筆者が子どもの頃の日本では…

4、筆者が子どもの頃の日本では…

　筆者が子どもの頃の日本では、「作家」はよくテレビコマーシャルに出演していた。
　そのため、野坂昭如も遠藤周作も、テレビコマーシャルにより、顔と名前を知っていた。
　後に大きくなってから、彼らの小説を読み、作品世界の持つ深遠さに感激した記憶がある。

　なお、野坂昭如『火垂るの墓』は、スタジオジブリにより、アニメ化された。
　2024年9月にNetflixで世界配信された際には、その悲しい結末も相まって、「二度と見たくない傑作」と絶賛された。

5、ゲーム機で世界的に有名な、
日本の企業「任天堂」

5、ゲーム機で世界的に有名な、日本の企業「任天堂」

　ゲーム機で世界的に有名な、日本の企業「任天堂」は、昔、花札・トランプを販売する会社だった。

　その頃、同志社大学工学部の落ちこぼれで、就職試験に全敗して、近くの任天堂に就職した横井という人がいた。彼は、仕事中に手作業で、いろいろ作っていた。
　ある日、山内社長に「ちょっと来い」と言われた。
　てっきり怒られると思ったら、「面白い。商品化しろ」と言われた。
　そして、それらを販売した。

　遠くの物を取るウルトラハンド、男女が握って相性が分かるラブテスター、光で的に当てる

5、ゲーム機で世界的に有名な、日本の企業「任天堂」

光線銃、玉を投げるピッチングマシン……

どれも、大ヒット商品となった。これらは、筆者が幼い頃に友達の家へ遊びに行った時の「おもちゃ」であり、リアルタイムで筆者も、その面白さを体験している。

任天堂では、このように面白いものを作る伝統があり、それが現在のゲーム機につながっているという。

日本の企業では、自動車メーカー・トヨタに次いで、第二位の世界的売り上げを、任天堂は現在、記録している。

6、楊素秋（著）
『日本人はとても素敵だった』

6、楊素秋（著）『日本人はとても素敵だった』

　楊素秋(著)『日本人はとても素敵だった』(桜の花出版、2003 年) を紹介したい。

　この本は、日本が統治していた時代の台湾に関する証言である。

　また、その続編、楊素秋（著）『過ぎ去りし素晴らしい日本』(桜の花出版、2024 年 6 月）も、最近出版された。

　どちらも、日本の学校では、教えない内容の本である。

　特に、日本の若い人には、ぜひ読んでもらいたいと思い、ここで 2 冊を紹介した次第である。

7、自分の半生を振り返ると…

7、自分の半生を振り返ると…

(1)
　いずれも2週間くらいでサラッと書いた本、数冊が、世界各国で販売されることになった。そのことから考えても、自分の過去生は作家だったのだろうと思う。

(2)
　自分の半生を振り返ると、ずいぶんと行き当たりばったりだったようにも思われる。

　中学生の頃は、湯川秀樹博士の自伝『旅人』を読み感激して、理論物理学者になりたいと考えていた。
　哲学にも興味があり、浜松市立図書館で哲学や論理学の本を借りて、たくさん読んだ。
　高校生の頃は、河合隼雄＆谷川俊太郎の対談『魂にメスは要らない―ユング心理学講義』や、

7、自分の半生を振り返ると…

河合隼雄教授の名著『ユング心理学入門』を読み、臨床心理学を志していた。

　それが大学受験で京都大学教育学部に不合格だったため、同志社大学神学部に入学することとなった。
　他には、併願校を受験していなかった。

　大学4年生の時、同級生から、就職登録して、同志社大学職員を受験するよう勧められた。それは、就職登録の最終日だった。慌てて事務室へ行き、就職の登録を行った。
　たまたま大学職員になれたが、2年経ったある日のことだった。京都大学近くにある銀行のATMに行った際、自分は大学受験からやり直すべきではないかと、ふと考えた。

　受験は1回だけ、それが不合格なら諦めるという家族との約束で、翌年、東大理科2類を受験した。

駿台予備校の東大模試では、数学が０点でＥ判定だった。しかしながら、本番の二次試験では、得意な微分積分の標準的な水準の問題が、たまたま２題出題された。当時は、数学６問中２問に正答を書けば、理科２類に合格出来るような時代だった。

　たまたま読んだ、和田秀樹先生の『受験は要領』という本に、模擬試験とは異なり、実際の東大入試では、標準的な水準の問題が必ず出題される。それを確実に解けば、最低ラインで東大に合格できると書いてあった。

　その言葉を信じて、模試はＥ判定であったが、無謀にも、東大入試を受験した次第である。

　東大駒場キャンパスに通学した教養学部の頃は、よく勉強した。

　東大での学生生活も一年半が経つ頃に、進学振り分けがあった。すなわち、三年次以降の学部学科を、本人の希望や成績により、決める制度が東大にはあった。自分の場合には、何かし

7、自分の半生を振り返ると…

ら「国家資格」を取得しないといけない状況だったため、第一志望を医学部医学科、第二志望は農学部獣医学科、第三志望に薬学部と書いて、提出した。

　第一志望に決まった際には、嬉しかった。

　当時は、東大駒場キャンパス内にも公衆電話があり、家族に公衆電話から急いで連絡したのを、今でも憶えている。

　医師になって麻酔科で研修している際に麻酔科医を勧められて、麻酔科を専門とした。

　しかしながら、麻酔科は激務であり、体調を悪くしたため、結局は退職して、浜松の実家に帰った。

　ここでも、たまたま『日本医事新報』という雑誌で求人広告を見て電話したら、すぐに来てほしいと言われ、眼科クリニックで働くことになった。

　初めは長くすることもないだろうと考えてい

たが、それから20年以上も経過してしまった。

　要望があり、現在のクリニックに転勤したのも、たまたま、院長が急に退職することとなったためである。

　他の病院とは異なり、そこの設備は貧弱だった。そのため、診療報酬点数の高い検査をしない病院だった。病院は、かなり赤字だった。
　それでも、基本的な診療を確実にすることを心がけて、患者は数倍に増えてきた。

　なお、黒字ベースになっていなかったことを本部の人から指摘されたことがキッカケとなり、『コンタクトレンズ診療の実際』という本を、出版することになった。
　2週間くらいで、サラッと本の原稿を書いた。海外でも、このような本は見られない内容だった。

7、自分の半生を振り返ると…

以上が、今までの経緯である。

（3）
　筆者が若い頃は、否定的な考え、感情、意思により、ずいぶんと損をしてきたように思う。
　負のループも、何かしら、意味があるのかもしれない。
　しかしながら、あまりにも長く負の連鎖が続く場合には、発想の転換が必要である。
――この点は、特に、若い人に伝えておきたい。

（4）
　文章を書く力は、読書量に比例する。そのように考えて、筆者も若い頃はたくさん本を読んだ。
　また、筆者は浜松市内にある市立の小学校出身だが、国語の授業において、読んだ文章を区切って要旨をまとめ、その小見出しを付ける。そのような作業を各部分で行い、最後には全体のタイトルを考える。そういった訓練を、国語

の授業で徹底的にやった。
　これが、現在でも、ずいぶん役に立っていると思う。
　さらに、筆者の場合、夏目漱石の小説を繰り返し読んだ。それが、大変勉強になった。

　ちなみに、夏目漱石は現代日本語における散文の文体を確立した大天才であり、彼の影響は明治時代から現在までずっと続いている。
　——そのように、筆者は現在、考えている。

　夏目漱石なら、どのように書くだろうかと考えてみることが、たびたびある。
　そうすると、スッキリした分かりやすい日本語の文章になったりもする。
　筆者の場合は、頻繁に、そのようなことを経験する。

8、著作権について

8、著作権について

　本の著作権は、ややこしい。
　通常の書籍の場合、100ページの小説なら50ページまで、コピーできるらしい。本の全体は、コピーできないことになっている。
　それが俳句集の場合には、一句一句に著作権が発生している。一句の半分までしか、コピーできない。そのため、俳句集は事実上、全くコピーできないという。
　筆者の場合、芭蕉の連句をフランス語やドイツ語に翻訳した本を、浜松市立図書館に依頼して取り寄せたことがある。その際に、全くコピーできないので気をつけて下さいと言われた。
　結局、本の全体をざっと読み、必要な箇所だけワープロで論文に引用した記憶がある。

　拙著『日本文学の統計データ分析』を出版する際には、ポピュラー音楽の歌詞を引用した。

8、著作権について

　そのため、出版社に依頼して、音楽著作権協会の許諾番号を取得してもらった。
　本の最後にある、いわゆる奥付けの所に、その番号は明記されている。

　自分が著作物を出版する立場になってみると、やはり著作権や、写真などの肖像権は、守ってもらわないと困ると感じている。

　極端な話、コンタクトレンズの有名な製品にも、いわゆる海賊版が出回っていたことがある。

　大学の研究室にも、有名な実験マニュアル本の海賊版を安価で、平然と売りに来る専門業者がいた。
　先輩の研究者によると、その業者は、他府県の大学にいた際にも、見かけたそうである。
　どうやら、全国の大学を訪れては、海賊版のマニュアル本を安価で、販売していたらしい。
　困ったものである。

9、イエス・キリストと松下松蔵： 病気治療の奇跡について

9、イエス・キリストと松下松蔵：
病気治療の奇跡について

（1）
　イエス・キリストは、昭和初期に活躍した日本人・松下松蔵のように、病気の治療を行なっていたのではないかと、筆者は個人的に推測している。

（2）
　松下松蔵は、「よか」と言って、病気を治療した。
　病気の詳細も、言いあてる。
　人格や記憶も改変した。

　お金は、もらわない。
　患者が増え、手狭になった建物を新築する時も、借金をした。

9、イエス・キリストと松下松蔵:病気治療の奇跡について

　大正 15 年に東大医学部を卒業した医師、塩谷信男・医学博士は、松下松蔵に密着して、詳しく調査している。塩谷博士の診断と、松下松蔵の診断は、ほぼ同じだった。また、塩谷博士の診察により、病気からの回復が確認されている。
　そのように、一瞬にして、彼は病気を治療した。

　ちなみに、塩谷信男（1902-2008）は、内科医である。
　1926 年、東京帝国大学医学部卒、京城帝国大学医学部助教授をへて、1931 年、東京渋谷に内科医院を開業した。100 歳になるまで、大きな病気ひとつせず、元気に活躍した人物である。

　松下松蔵を頼って、日本ばかりではなく、アメリカ、台湾、中国、フィリピンからも、患者が大勢来た。

具体的には、例えば、胸水もなくなった。

おんぶされていた人も、元気に歩いて帰っていった。

（3）

イエス・キリストも、奇跡を行い、病気を治療した。

四つの福音書の中でも最初期に記述されたマルコ福音書には、イエスの病気治療が詳しく書かれている。

P. ティリッヒは、「マルコ福音書において、イエスは、何をさておき癒しを行う者である」と、述べている。（『宗教と心理学の対話』教文館、2009年、13頁参照）

（4）

現代医学の観点から見ると、心理的な要因による疾患に対して、宗教は治療効果を有するという、「合理的な解釈」が主流を占めてきた。

9、イエス・キリストと松下松蔵：病気治療の奇跡について

　近年では、「臨床疫学的方法」に基づいて、宗教と健康の関係を調べた研究が、デューク大学のコーニックらをはじめ、海外では広くおこなわれている。（杉岡良彦「現代医学はキリスト教学に何を問いかけるのか」『キリスト教と近代的知』2010年3月、33～49頁参照）

１）1965年の礼拝出席回数が週1回以上だった人々が、1994年の追跡調査時に死亡していた可能性は、出席回数が少なかった人々に比して、36％低いことが明らかにされた。

２）内科に入院していた50歳以上の患者を対象に、うつ病の調査が行われた。診断基準を満たした患者865人を12～24週間追跡調査して、うつ病からの寛解速度に影響を与える因子を調査した。寛解にかかわる多くの人口統計学的因子、心理社会的因子、精神医学的因子、身体的健康予測因子を調整した後、最も宗教的と分類された患者は、それ以外の患者よりも53％う

つ病からの回復が早かった。

3）重大な健康被害を及ぼす可能性があり、日本でも近年社会問題となっている薬物に関する調査では、2000年以前に行われた52件の研究のうち、48件が宗教的活動と薬物使用の間には有意な逆相関があること（宗教に熱心な人では薬物使用の割合が少ないこと）が報告されている。

　以上の研究は、ＥＢＭ（Evidence-Based Medicine）、すなわち、「科学的根拠に基づく医療」の基礎となる、「臨床疫学的方法」に基づいた、宗教と健康の関係を調べた研究の具体例である。

　これらの研究結果の意義として、杉岡良彦（2010）は、三点を挙げている。

（A）宗教によるポジティブな健康影響が、科

9、イエス・キリストと松下松蔵：病気治療の奇跡について

学的方法によって明らかにされてきた。医学における宗教の見方への、根本的な反省を迫る。

(B) ターミナルケアに限定されず、メンタルヘルスに限定されない。宗教による健康影響は、私たちが考えている以上に広範囲に及んでいる。宗教と医学が協力して取り組む必要性を、強く迫る。

(C) こうした結果は、医学上、既知のメカニズムを介して作用すると考えられている。宗教のもつ心身への影響として、主に心理的経路、社会的経路、行動的経路が指摘されている。こうした結果は、奇跡ではないとされる。

　以上、「臨床疫学的方法」に基づいて、宗教と健康の関係を調べた研究に関して、概観した。

(5)
　しかしながら、人知を超えた病気治療という「奇跡」が、「全くない」とは、誰にも言えない。それは、筆者にも、分からない。

筆者が幼い頃、実は、浜松市内の飯田町というところに、そのような病気を治す人物がいた。
　両親に連れられて筆者も、何回か、そこの「道場」に行った記憶がある。
　あまりよく詳細は憶えてないが、そこで筆者は不思議な光景を目の当たりにしている。

　昭和という時代の日本では、全国の様々な所で、そのような病気治療が行われていたらしい。
　しかしながら、まだ、歴史的な記述・検証は、全く行われていない。
　案外、この本を読んでいる読者が住んでいる地域においても、かつて病気治療を行っていた人がいたのかもしれないと思われる。

10、家猫の独り言

10、家猫の独り言

家猫の独り言

パパの相手が面倒になったら、寝る。
それも、かわいらしい姿で。
すると、パパはスマホで、
バシバシ写真を撮る。

——それが僕らの任務、癒し！

11、ネコちゃんは、天国に行くと…

11、ネコちゃんは、天国に行くと…

　ネコちゃんは、天国に行くと、
僕は毎日「かわいい、かわいい」と、
お父さん・お母さんから言われていた。
──そのような自慢話を、仲間にする。

　だから、毎日、
「かわいい、かわいい」
「いい子だね」
「ウチに来てくれて、ありがとう」などと、
ネコちゃんに言ってあげてください。

──とのことです。

12、東大に合格するには

12、東大に合格するには

　東大に合格するには、一つの科目につき、一つの問題集を徹底的にやる。そして、答をほぼ暗記するくらいになれば、だいたい合格する。

　塾や予備校では、たくさん授業を選択してもらい、授業料をたくさん払ってもらわないと困るため、そういうことは言わない。

　しかしながら、昔、地方の公立高校から東大に合格した人は、だいたい、そのような勉強をしていた。
　例えば、物理なら物理の有名な問題集を一つ、徹底的にやり、答えも全て暗記してしまうくらいになれば、ほぼ合格する。

　それは、かつて和田秀樹先生が、『受験は要領』という名著において、述べていたこととも、相

12、東大に合格するには

通じるものがある。
　少なくとも自分は、そのような勉強をして、大学受験に臨み、合格した。

　受験生は、忙しい。
　あれこれやる、時間がない。
　何か、一つの本を暗記するくらいにやれば、だいたい、志望校に合格できる。

13、現代の神話：『エイリアンインタビュー』と『マトリックス』

13、現代の神話:『エイリアンインタビュー』と『マトリックス』

(1)
　筆者は、SF映画・SF小説の大好きな少年だった。

　若い頃に観た映画としては、何といっても、スタンリー・キューブリックの『2001年 宇宙の旅』と、ハリソン・フォード主演の『ブレードランナー』が、圧巻だったと思う。

(2)
　今、自分たちの世界観をも揺るがす程の影響力を持っている作品を挙げるとしたら、SF小説としてでもいいからぜひ読んでもらいたい『エイリアンインタビュー』という本、および、映画『マトリックス』シリーズの第一作がある。

『エイリアンインタビュー』という本は、アマゾンでも日本語訳が簡単に入手できる。

13、現代の神話:『エイリアンインタビュー』と『マトリックス』

また、映画『マトリックス』シリーズの第一作も、動画としてパソコンで容易に観られる。

(3)
『エイリアンインタビュー』という本の概略を、ここで引用すると、
「この本の内容は主に、私がマチルダ・オードネル・マックエルロイから受け取った手紙、インタビューの謄本、そして個人記録から引用されている。彼女の手紙は、この資料は彼女とテレパシーを通して『話した』エイリアンの存在とのコミュニケーションの回想に基づいている、と主張している。

彼女は1947年の7月と8月の間に、彼女が『エアル』として識別し、1947年7月8日にニューメキシコ州ロズウエルの近くで墜落した空飛ぶ円盤から助け出された士官、パイロット、そしてエンジニアであり、今もそうである、と主張する地球外生命体とインタビューをした。」

以上、本の概要を転記した。

また、映画『マトリックス』シリーズ第一作の紹介文も、掲載しておく。
「ウォシャウスキー・ブラザーズによる新感覚のSFXで彩られた重厚かつスタイリッシュなアクション巨編。ニューヨークの会社でしがないコンピュータプログラマーとして働くトマス・アンダーソンには、裏世界の凄腕ハッカー"ネオ"というもうひとつの顔があった。ある日、"ネオ"はディスプレイに現れた不思議なメッセージに導かれるまま、謎の美女トリニティと出会う。そして彼女の手引きによってある人物と接見することになった……」

（4）
　これら二つの作品は、現在では、もはや現代の神話とも呼べる程の影響力・私たちの世界観を揺るがすくらいの存在意義を、多くの日本人に対しても、持っていると筆者は考えている。

13、現代の神話:『エイリアンインタビュー』と『マトリックス』

 SF小説・SF映画の中には、未来の常識・未来の世界観を、先取りした予見的なものもある。また、そのようなかたちでしか、語り得ない真実の一部があることも、事実かもしれないと思われる。

（5）
 ちなみに、先日、あるショッピングセンターの屋外喫煙所で、おじいちゃんたちが、映画『マトリックス』の話をしていた。
 それを目撃して自分は、仮想現実という世界観が、日本の地方都市における、高齢者にまで浸透していることに、正直びっくりした。

 今、この世の中は、大きく変わりつつある。──それを、象徴するような出来事であり、私たちの「希望の未来」は、意外と近いのかもしれないと感じた。

14、夏目漱石という稀有な大天才

14、夏目漱石という稀有な大天才

（1）
　統計学を用いた文体研究に関して、筆者は様々な「試行錯誤」を行ってきた。
　その結果を簡潔に言えば、夏目漱石以降の近現代小説を調べると、文体上の特徴はあまり変わらない。
　ちなみに、森鴎外と夏目漱石は文体上の特徴が大分異なるため、統計学による研究でも、はっきりとした差が出る。
　しかしながら、「夏目漱石以降の散文」は、どれも、あまり差異が見られていない。

（2）
　そのため、筆者の研究においては、いわゆる「文章心理学」の要素を多分に加味してある。すなわち、広い意味での「文体」研究となっている。

14、夏目漱石という稀有な大天才

　日本語の文体研究においては、それが一番のネックであり、筆者の研究において最も工夫した点である。
——そのようなことが分かるのに筆者の場合、実は、数年の月日がかかっている。

（3）
　逆に言えば、夏目漱石という作家は、「近現代の日本語の文章のスタイルを確立した、大天才」であると言える。
　彼の小説は、今読んでも、大変分かりやすい。すなわち、日本語で書かれた名文の一つである。
　したがって、明治時代に彼が確立した日本語のスタイルというトレンドは、現在まで続いている。
　そのため、「夏目漱石以降の散文」は、統計学を用いた文体研究を行っても、どれも、あまり差異が見られなかった。
——そのように、筆者は考えている。

すなわち、海外にはジョン・フォン・ノイマンや、ニコラ・テスラなど伝説の大天才がいるが、夏目漱石は日本の誇る大天才の一人であると思う。

　ノイマンの開発したコンピューター、テスラの交流電圧システムは、現在の科学技術の発展の礎となっていると言える。

　それと同様に、夏目漱石が明治時代に確立した現代日本語のスタイルは、現在の日本人が書く文章の基盤であり続けている。

　以上に述べたことに関しては、『文体研究の簡便法：夏目漱石と近代日本の自我』という新刊本を、近日中に出版する予定である。

（4）
　日本において、日本人が漢詩を創作する伝統があることは、海外ではあまり知られていない。

　明治時代、新聞には短歌欄・俳句欄とともに、必ず漢詩欄があり、一般読者から投稿された漢

14、夏目漱石という稀有な大天才

詩が新聞に掲載されていた。のみならず、詩といえば漢詩を意味し、日本語による詩は「新体詩」と呼ばれて区別されていた。

近現代の日本における漢詩の作家としては、何といっても、夏目漱石が第一人者である。漢詩は小説と同じく、漱石の思想の表現であるとも言われている。

小説家として有名な夏目漱石は、幼少期から漢詩・漢文に慣れ親しんで育った。彼は、少年時代から漢詩を自由にのびのびと創作した。また、友人の正岡子規などには、漢文の手紙もしたためている。まさに天才少年であったことは、中国文学の碩学である吉川幸次郎・京都大学名誉教授による、漱石が創作した漢詩に関する著書の、「序文」に詳しく書かれている。どのくらい優秀だったかと言えば、中国人が読んでも、夏目漱石の漢詩は、中国人が書いた漢詩と区別がつかないほどだったそうである。

（5）
　吉川幸次郎・京都大学名誉教授によれば、夏目漱石の漢詩は、質・量ともに、当時としては「東洋随一」のものであったという。
　ここでは、晩年に創作された彼の代表作を紹介したい。

　漱石が最も熱心に漢詩を創作したのは、「大正五年の死にさきだつ百日間」である。小説『明暗』の執筆を午前にすませ、午後の日課として「七言律詩の大群」を創作した。

　「則天去私」という思想を伝えるとされる、彼の有名な詩がある。

　　　無題　　大正五年九月九日
　曾見人間今見天
　醍醐上味色空辺
　白蓮暁破詩僧夢

14、夏目漱石という稀有な大天才

翠柳長吹精舎縁
道到虚明長語絶
烟帰靄靆妙香伝
入門還愛無他事
手折幽花供仏前

　　無題
曾つては人間を見　今は天を見る
醍醐の上味　色空の辺
白蓮　暁に破る詩僧の夢
翠柳　長く吹く精舎の縁
道は虚明に到りて長語絶え
烟は靄靆に帰して妙香伝わる
門に入りて還た愛す他事無きを
手ずから幽花を折りて仏前に供す

念のため、この詩の「大意」を記しておく。
（大意）

　以前は人間の醜さのみが目について、暗い気分に閉ざされがちだったが、今では天のように

明るく広い世界が見えてきた。差別の相を超えたところに真理の喜びを味わうようになったのだ。白い蓮が暁に花開いて詩僧の眠りをさまし、寺のほとりには青柳の枝が風に吹かれてなびいている。この爽やかな心象が道に到り得た者のからっとした気分なのだが、口で説明するわけにはいかない。それは香の煙が美しい香りをただよわせながら形をとらえられぬようなものだ。家の中にあって俗事に煩わされることなく、手折って来た花を仏前に供える日頃の生活を、私はうれしく思っている。

　この漢詩は、漱石の希求する「則天去私」という思想の法悦を示す作とされる。
　「則天去私」は、天に則り、私を去ると読み下す。
　すなわち、自然の道理に従って、狭量な私心を捨て去り、崇高に生きることを意味する。
　漱石の晩年、理想とした境地、人生観として、一般に知られている。

14、夏目漱石という稀有な大天才

　この点に関しては、拙著『こころに残る日本の詩15篇』を参照してほしい。

（6）
　以上に述べたように、夏目漱石は、二重の意味で、大天才である。

　すなわち、小説家として、現代日本語の文体を確立した。その影響は、今日まで続いている。
　また、漢詩作家として、質・量ともに、東洋随一の作品群を残している。

　夏目漱石については、他にも書きたいことが沢山ある。また、別の機会に、詳しく述べたいと思う。

15、現代芸術の鑑賞という特殊な臨床場面では

15、現代芸術の鑑賞という特殊な臨床場面では

(1)

　私事で恐縮だが、筆者の実兄は前衛書道家であり、「東洋書芸院」(会長：朝比奈玄甫)という「健全で自由な書芸術の発表の場を作ろうとする人々の集まり」の評議員を現在、務めている。

　ちなみに、毎年、東京上野の東京都美術館において、「東洋書芸院公募展」が開催されている。そこでは、公平を期するため、出品者などが審査員に分からないように、また審査員が誰に投票したか分からないような、ブラインド審査により入選作品を決めている。

　そのような、「15才以上の方であればどなたでも出品することができる」公募の展覧会を、毎年開催している。

15、現代芸術の鑑賞という特殊な臨床場面では

　筆者は、高校生の頃から縁あって、前衛書道家として有名な先生のご自宅にお邪魔して、お話を聞くような機会も何回かあり、現代芸術にも大変興味を持っている。

（２）

　かつて、臨床心理学者として有名な河合隼雄・京都大学名誉教授は、「ストラクチャーの無い芸術作品は美しいと思わない」と、インタビューで発言していたことがある。

　確かに、モーツァルトの音楽も、最近では坂本龍一の楽曲も、構成がしっかりしており大変分かりやすい。

　それに対して、武満徹の現代音楽は、ストラクチャーという視点から見ると、大変分かりにくい。

（３）

　筆者は、ある時、ストラクチャー＝構造ではなく、フロー＝流れという観点から、現代芸術

の作品を鑑賞すると、その意義が分かりやすいということに気がついた。

　現代音楽についても、前衛書道の作品を含む現代美術に関しても、さらには、現代文学における作品の場合にも、それは言える。

　すなわち、音楽の場合、時間の流れがある。また美術の作品でも、描く筆の流れ、彫刻に彫刻刀を入れていく流れ、作品を配置していく流れがある。

　さらには、文学においても、文章が展開する流れが見られる。

　そのような流れに着目することにより、構成・構造とはまた違う重要なものが見えてくると、筆者は考えている。

　そのような視点は、以前から、あったのかもしれない。

　しかしながら、現代芸術の鑑賞という特殊な臨床場面においては、その重要性が一層増して

15、現代芸術の鑑賞という特殊な臨床場面では

くるのではないか。
　そのように、考えられる。
　したがって、ストラクチャー（構造）ではなく、フロー（流れ）という視点を持って、現代芸術の作品に向き合うこと
——それを筆者は、若い人にも勧めるようにしている。

（4）
　拙著『こころに残る日本の詩15篇』においては、「21世紀の現代詩」についても掲載した。

　以上に述べたような視点が、読者の手助けになるかもしれないと思い、現代芸術に関する私見を詳述した次第である。

　現代芸術の鑑賞という特殊な臨床場面では、まだまだ興味深い問題が、たくさんあるように思われる。

16、通信教育課程の大学院

16、通信教育課程の大学院

(1)
　筆者は病院に勤務しているため、通信教育課程の大学院で学び、学位を取得した。
　すなわち、放送大学大学院で、修士（学術）を取ることができた。

　通信教育課程で学ぶ一番の難関は、修士課程において選択科目11科目22単位を取得することだった。
　そのため、筆者の場合には、2016年4月から、まず、修士選科生という「科目履修生」になり、3年半かけて、11科目22単位を履修した。

　たまたま、病院の仕事が休日出勤になってしまい、単位を取得するための筆記試験が受験できなかったことも、数回あった。
　それでも、3年半後には、ようやく修士課程

16、通信教育課程の大学院

修了に必要な選択科目11科目22単位を取得できた。

その時には、うれしかった。

その後、2020年4月から、正式な修士全科生となり、ゼミに参加して、修士論文を執筆した。

筆者の場合には、修士論文よりも、修士課程修了に必要な選択科目22単位を取得することの方が、数倍苦労した。

ちなみに、英国には、Open Universityという通信教育課程の大学があり、世界的に有名である。

また、日本の放送大学を英語表記すると、Open University of Japanとなる。

そのため、海外の人にも、放送大学が日本における通信教育課程の大学であることを、理解してもらいやすい。英語で表記した大学の名前

から見て、非常に分かりやすいと、感じるようである。

（２）
　その後、筆者は博士課程で学びたいと考えた。日本には、通信教育課程の博士課程が少ない。海外の大学院も検討したが、海外の大学院は学費が高いこと、筆者の専攻が日本文学であることから、海外の大学院は断念した。

　海外では、博士号を取得して、ようやく一人前と考える傾向が強い。

　なお、博士課程に関しては、また別の機会に、記述したいと思う。

17、繰り返し見るリアルな夢は

17、繰り返し見るリアルな夢は

繰り返し見るリアルな夢は、前世の記憶？

18、著書は全て、スマホで書いた

18、著書は全て、スマホで書いた

（1）
　筆者の場合、著書は全て、スマホで書いた。

　病院に週5日勤務していると、とにかく時間がない。自宅でパソコンに向かって文章を書いている時間など、ほとんどない。
　そのため、通勤などのスキマ時間に、筆者は著書を執筆した。
　バスや電車の中、職場のトイレ、仕事の前後など、スキマ時間に、「スマホのメモ欄」に原稿を書く。それをメールで、自宅のパソコンに送る。それを、「論文」の形式に編集する。
　そうやって、10年くらいで、10数本の論文を書いた。
　2024年には、それらの論文を再編集して、数冊の「書籍」にした。

18、著書は全て、スマホで書いた

　スマホは多機能であり、そのような著書の執筆には、大変便利である。

　文献検索もできる。事項の調査も、ネットで可能である。辞書としても、使える。もちろん、メール、ファックス、電話もできる。

　筆者の場合には、スマホを総合ワークステーションとして利用しながら、著書を執筆している。

　統計データ分析の部分は、筆者の場合、パソコンでした。しかしながら、将来的には、そのような統計ソフトも、スマホで簡単に使えるようになるのかもしれない。

（２）
　筆者は、前著のエッセィ集で、人のやらないことをするべきなどと、偉そうなことを書いてしまったが、実際には、人のやらないことをするには、大変な苦労を伴う。

まず、教えてくれる先輩がいない。

筆者の場合、統計ソフトに苦労した。

初めは、何回やってもエラーになった。

数時間くらい、いろいろ試している間に、データが全てゼロだとエラーで止まることに気付いた。設問を真逆にして、データが全て1になるようにしたら、うまくいった。

統計ソフトの使い方に関して、そんな単純なことが分かるのにも、数時間かかったりした。

次に、チェックしてくれる同僚がいない。

筆者の場合には、本を出版する際に、東京図書出版の校正担当者に、大変丁寧に原稿をチェックしてもらうことができた。

一般的な誤字脱字はもちろん、データの集計ミス、計算ミス、誤訳などまで、いくつか指摘してもらえた。

自分で10回以上見直しをしても、人間はミスをするものだということが、よくわかった。

18、著書は全て、スマホで書いた

　さらに、業界の常識的なことも、最初は分からないものである。

　筆者は、芭蕉連句の修士論文を書いて、放送大学に提出したが、玉川大学講師の野村亜住先生に論文を読んでいただき、貴重なコメントをいただくことができた。

　芭蕉に関する著書を出版する際には、それらのご意見が大変参考になった。

（3）
　以上、著書を出版するまでの実際的なやり方、苦労話に関して、いくつか述べた。

　自分は意固地なところもあるため、不必要な苦労をしたのかもしれない。

　これから研究を行う若い人には、なるべく多くの先輩や同僚に相談しながら研究活動を行っていくよう、おすすめする次第である。

19、渡部昇一（著）『知的生活の方法』について

19、渡部昇一(著)『知的生活の方法』について

(1)

中学生の時に筆者は、渡部昇一(著)『知的生活の方法』(講談社現代新書)を読み、目から鱗が落ちるような感覚を味わった。

すなわち、自分が求めていたものは、これである。

将来、どんな職業に就くとしても、一生、本を読んだり、好きな音楽を聴いたり、関心のある画家の絵画を鑑賞したりしていく。そして、静謐で穏やかな心持ちを保ちつつ、知的関心に沿って生きていく。それが、自分の生涯にわたる目標である。

——そのようなことが、この本により明確化した。

19、渡部昇一（著）『知的生活の方法』について

（2）

　夏目漱石は、「漢文学はたいした努力もしていないのによく分かるが、英文学は血眼になって努力したのにあまりよく分からない」と言っている。

　そこから、自らの内的感覚を基にして、「漢文学と英文学は異なる異質な文学である」という、驚くべき結論を導き出している。

　私見では、そこには、彼が漢文学を習得したのと英文学を学んだのとでは、異なるプロセスがあった ── それが、彼の文学に関する考え方に大きく影響していると思う。

　夏目漱石の場合、漢文学には幼少期から慣れ親しんで、いつのまにか、読み書きできるものとなった。

　すなわち、漢文学には、「知的生活の一部としての満足感」があった。

　それに対して、英文学は少年期から努力して

学習したものであった。

　洋学の隊長を志して意識的に勉強したものであり、意志的な・ストレスフルな努力を伴うものであった。

　それは、ある意味、「知的生活に伴う満足感とは正反対なもの」であったのかもしれない。

（３）
　A）夏目漱石は、ある時点以降、英文学を強い意志で「勉強」して「立身出世」することから、「知的生活」の中で「自己実現」を遂げることに生活をシフトしたと、筆者は考えている。大学を辞して作家となった時点が、大きな転換点だった。

　B）このような生活上の転換は、意志的に努力する「意識偏重の生活」から、東洋的な「無意識の統合」への変化という視点でも、捉えることができる。

　そういった意志的に努力する「意識偏重の生

活」は、彼に心身の苦痛をもたらした。実際、彼は胃潰瘍や神経衰弱に苦しんだことが知られている。

　その中で彼は、もがきながら、漢詩に象徴される「東洋的な無意識という世界」を、抑圧するのではなく、自我の中に統合を果たすようになっていく。

　C）すなわち、夏目漱石の生涯は、心理療法における「無意識の統合」という過程として捉えることができる。

　小説『それから』と『道草』の文体上の変化にも、彼の意識的・無意識的な要素が表れている。

　これらの点については、『夏目漱石と近代日本の自我』に関する別の論考において、また改めて、詳述したいと思う。

（4）
　一般的な定年退職の年齢を過ぎてしまった現在、筆者の知的生活に関する考え方も、かなり変化している。

　職業生活をするようになると、学生時代とは異なり、とにかく自由に使える時間がない。それが、現在でも、続いている。スキマ時間で、勉強したり、論文を執筆したりする必要がある。
　老いと共に、体力の限界も感じる。大谷翔平選手のように、なるべく時間があれば眠るか、身体を横にして疲れを取るようにしている。そのように心がけた上で、体調の良い時間帯に、短時間で何かする。

　本の出版をするようになってからは、効率的な作業手順も工夫するように変化した。
　かつて、天才作曲家のモーツァルトは、楽譜の修正・書き換えを全くしなかったそうである。また、臨床心理学の河合隼雄先生も、原稿は一

19、渡部昇一（著）『知的生活の方法』について

回書くきりだったようである。さらに、地球物理学の竹内均先生の場合には、テープレコーダーに本の原稿を音読で入力して、それを優秀な秘書が文字化するという執筆技術を行っていた。

そのようにして、モーツァルトは大量の楽曲を作曲し、河合隼雄先生・竹内均先生は、数多くの著書を出版していたそうである。

自分の場合も、原稿は１回書くきりで、翌日以降、誤字脱字以外は、なるべく修正しないようにしている。

なお、メール連絡も、なるべく短時間で済むように、届いた文章の一部をコピペして使いながら、自分で入力する分量は最少化するという工夫をしている。

（５）
60歳を過ぎてからは、生活そのものが、ま

るで格闘技のようになっている。すなわち、体力の限界ギリギリで生活しており、毎日、ふらふらである。若い頃とは、全く異なっている。

その中で、どのように知的生活を行っていくか。

その答えは、まだ、見つかっていない。

20、映画『スマホを落とした
だけなのに』を観て

20、映画『スマホを落としただけなのに』を観て

　映画『スマホを落としただけなのに』シリーズを観て、特に、二作目に主演していた、白石麻衣さんの大ファンになった。

⇒

　それが、きっかけとなり、白石麻衣さんが所属していた、アイドルグループ 乃木坂46の曲をYouTubeで聴くようになった。
　特に、『インフルエンサー』（2017）は、名曲であると思う。

⇒

　それが、きっかけとなり、乃木坂46『インフルエンサー』をカバーして歌っていた、

20、映画『スマホを落としただけなのに』を観て

GIRLFRIENDという、4人組ガールズバンドの大ファンとなった。

当時から、全員が10代とは思えないほどだった、演奏技術・歌唱力には、いつも感嘆している。

数ある名曲の中でも、『ミライリスト』(2018)、『ヒロインになりたい』(2019)、『少女のままで』(2020)の三曲は、極めて優れた作品であり、何回も視聴させていただいている。

⇒

それが、きっかけとなり、日本のポピュラー音楽全般を、YouTubeで、よく聞くようになった。

特に、小室哲哉、小林武史、中田ヤスタカの三人は、日本の誇る三大・天才プロデューサーであると筆者は思う。

特筆すべきは、三人とも、作詞・作曲・編曲・プロデュースを、一人で全て、行なっている点である。

小室哲哉
→　篠原涼子 with t.komuro
『恋しさと せつなさと 心強さと』（1994）

小林武史
→　My Little Lover『DESTINY』（1998）

中田ヤスタカ
→　Perfume『FLASH』（2016）

　これら三曲は、ぜひ、読者にも視聴していただきたい。歴史に残る、名曲中の名曲であると考えている。

　なお、自分は日本文学を専攻しており、これら三曲の歌詞は、日本文学作品として読んでも極めて優れた詩であることを、念のため、追記しておきたい。

20、映画『スマホを落としただけなのに』を観て

　ちなみに、ここで、日本を代表する世界的アーティスト Perfume に関して、注釈を記しておきたい。

　当時は中学生だった Perfume の三人と、当時 22 歳くらいだった無名の若手プロデューサーとの出会いは、日本の音楽史に残る、奇跡とも言える出来事だったように思う。

　Perfume のマネージャーが、彼のアルバムを聴いて良いと思い、その若者のところへ行き、「全て、おまかせします。よろしくお願いします」と、伝えたそうである。

　そこから、日本を代表する世界的なアーティスト、Perfume の壮大な歴史的偉業が展開され、今日に至っている。

　Perfume は、もはや、日本のアイドルグループという文脈で語られるべきではない。世界的なアーティストとして、日本国内においても、再認識されるべきであると思う。

　以上、Perfume に関する、注釈を記しておいた。

⇒

　先に述べたように、日本のポピュラー音楽全般を、YouTube で、よく聞くようになった。
　それが、きっかけとなり、YouTube ばかりではなく、TikTok でも、音楽のショート動画を見るようになった。

　特に、600 万回以上再生されていた、Sunny Hock という、現役音大生・女性二人組ボーカルユニットの大ファンになった。

「こんなに美しい歌声が無料なのに、なぜレジ袋が有料なのか？」という、ネットの書き込みも、見受けられている。
　TikTok では、アカペラで歌の一部を披露する、「ねぇキコちゃん！　○○ 歌って！」シリーズも、好評らしい。

20、映画『スマホを落としただけなのに』を観て

 さらに、YouTube の動画では、Sunny Hock の『Dreaming Night』(2023)、『ユメ』(2022)、『雪の華－中島美嘉』(2024) など、秀逸な作品の全体を視聴できる。

 この原稿を書いている今頃は、「音大の卒業式が間近に控えているし、そろそろ卒業式の準備をしているのかな」などと、まるで2人の父兄であるかのような気持ちさえ、現在、自分は抱いている。

――そんな、今日この頃である。

(注) なお、この章で述べた歌手の Music Video は、「伊藤和光の公式ウェブサイト」で、視聴可能となっている。

21、この世では、
結ばれなくとも

21、この世では、結ばれなくとも

（1）
　中国のテレビドラマで、『Be my princess〜太傅のプリンセス〜』という作品がある。中国語でのタイトルは、『影帝的公主』となっている。
　これは、現代劇と時代劇を混交させたラブロマンスであり、中国では、2022年に放映された。チュ・ギョルギョン＆シュー・ジェンシー主演作であり、ホァン・ティエンレン監督作品である。

　このドラマは、ある意味「歴史に残る名作」であると、筆者は考えている。
　そこにおいては、「生きるということ」＝「愛するという行為」の意味を、せつせつと私たちに語りかけてくれている。

　ちなみに、そのエンディングテーマ曲は、

21、この世では、結ばれなくとも

『Love Will Find a Way』という曲である。

マカオ出身のシンガーソングライターであり、最先端のヒップホップ・ラッパーであるドン・ジジが歌っている。

(2)

2024年の夏、筆者は日本のＣＳ放送 ― ASIA DRAMATIC TV ― で、毎日朝5時から、このドラマを観ていた。そして、毎日何回も、このテーマ曲をスマホで聴いた。

この年、筆者は日本で本を6冊出版することができた。2024年は、こころに残る、思い出深い年となった。

Love will find a way.　愛は道を切り拓く。筆者にとって、この言葉は、「欲をはなれて、人のためにすれば、いつか道はひらく」——そのような教訓を示す、座右の銘となっている。

古来、キリスト教神学においては「悪の問題」

が論じられている。
　すなわち、世の中には善意の人ばかりではなく、悪意の人もいる。
　しかしながら、こころを正直にして、人のためにすれば、いつか、道は切り拓かれていく。
――そのように、筆者は考えている。

（3）
　拙著『こころに残る日本の詩15篇』では、近現代の日本における詩歌15編に関して論述した。

　一言で言えば、そこでは、広い意味での「愛の変容」がテーマとなっている。日本における漢詩・現代短歌・ポピュラー音楽の歌詞、21世紀の現代詩についても論じた点が、この本の特徴といえるかもしれない。

　すなわち、この拙著では日本の近現代文学作品を題材としながらも、「生きるということ」

21、この世では、結ばれなくとも

＝「愛するという行為」の様々な局面をとりあげて、論述を行った。

　そのため、Love Will Find a Way. という英語の副題を、サブタイトルとして掲げておいた次第である。

（４）
　「この世では結ばれなくとも、来世では、きっと…」

　中国のドラマ『Be My Princess － 影帝的公主』は、そのように誓った二人の、美しい「愛の物語」である。

　その二人は、深くて強い絆で結ばれており、世代をまたがった展開により、最後には、その愛が成就される。

　過去生と今の人生、および、映画の撮影現場

と実社会での出来事、
——これら二つの時間軸が交差しながら、このドラマは寓話的な意味合いを、私たちに語りかけてくれている。

22、「メランコリア」の底には

22、「メランコリア」の底には

（1）
　韓国のテレビドラマに、『メランコリア』(2021年) という作品がある。

「不正の温床である私立高校を舞台に、数学教師と数学の天才の通念と偏見を超える、数学より美しい」、ラブストーリーである。

　アソン高等学校の数学教師をイム・スジョン、数学への興味を失ってしまった天才少年をイ・ドヒョンが、それぞれ演じている。
　キム・サヒョン監督作品である。

（2）
　あらすじを、述べる。

　ドラマの中で、数学の天才・主人公の彼が執

22、「メランコリア」の底には

筆した本のタイトルは、『証明が必要な時間』である。

すなわち、研究に没頭している際に感じる自由——それを、「証明が必要な時間」において、多くの数学者が感じている。

このドラマの主人公の場合、それが実際、彼を苦しめていた過去のトラウマに打ち勝つ「原動力」となった。

そして、「メランコリア」の底から、まさにそこから、「希望の光」がさしてくるようになっていく。

彼の場合には、ある女性教師が、それを教えてくれた。

そして、自分を導いてくれた。

そのようにして、彼は本来の自分を、取り戻すことができた。

彼は、彼女を、心の底から愛していることに気づく。

そして、どんな困難があっても、その愛を貫き通していく。
　やがて、様々な事件をへて、彼女も彼を愛していることに気づく。

　しかしながら彼女は、彼を愛しているがゆえに、あえて彼に、数学に没頭する孤独な年月を勧める。
　ドラマの最終回では、それでもなお、運命の二人は不思議な縁によって３年後に再会して、彼は彼女に共著の論文を渡す。その愛を成就した二人は、都会の喧騒から離れて、ひっそりと穏やかな二人の生活を送るようになる。

　以上が、このドラマのあらすじである。

　すなわち、韓国ドラマ『メランコリア』は、自分自身の「実存的な存在基盤」を支えてくれている女性への、まさに、美しくも切ない「純愛の物語」である。

22、「メランコリア」の底には

　また、それと同様に、いつの間にか彼女にとっても彼は、かけがえのない存在となっている。

（3）
　先に述べたように、「メランコリア」の底には、実は、「希望の光」が存在する。
　――そのように、このドラマは私たちに語りかけてくれている。

　筆者も、毎日の生活の中では、たびたび、「憂鬱」に襲われてしまう。
　しかしながら、このような韓国ドラマの中に、「希望」を感じつつ、毎日の、地道な生活を送っている。
　また、このドラマは、「大切な人」を思いやることの重要性を、多くの人に教えてくれているものである。

（4）
　最後になったが、韓国ドラマ『メランコリ

ア』のエンディングテーマ曲は、韓国のインディーズバンド Band Nah の歌う、『Lily of the Valley』(2021) という曲である。

　その切ないメロディ・歌声は、この「純愛の物語」のテーマ曲に、まさに、ふさわしい。

　それらによって、このドラマの持つ深遠な世界観を、さらに一層、私たちに訴えかけてくれている。

　この韓国ドラマは、ある意味、歴史に残る名作であると言えるかもしれないと、筆者は考えている。

（5）
　哲学 = Philosophy とは何か
——それは、自分自身の生きる基盤・生きる意味を根本から考えていき、さらには、他者との関わり・社会における位置付けによって、それ

22、「メランコリア」の底には

らを問い直す試みである。

　哲学は、難解な言葉によって表現された書物の中だけに、あるものではない。
　それは、このような「純愛の物語」においても、見いだすことができる。
　そして、書籍におけると同様な・極めて深い意義を、そこにおいても有している。

　そこから私たちは、自分自身の在り方を考える上でのヒントを、たくさん教えてもらうことができる。
　──そのように、筆者は現在、考えている。

（6）
　以上に述べたことをまとめる。

　韓国ドラマ『メランコリア』は、哲学的に深遠な内容を骨子とした、美しくも切ない純愛の物語である。

23、ポピュラー音楽における実存哲学の系譜

23、ポピュラー音楽における実存哲学の系譜

(1)
A Hazy Shade of Winter － Simon & Garfunkel
(1966)

Time, time, time,
See what's become of me
While I look around for my possibilities
I was so hard to please
But I look around
Leaves are brown
And the sky is a hazy shade of winter

冬の散歩道— サイモン&ガーファンクル
(1966)
作詞:ポール・サイモン

23、ポピュラー音楽における実存哲学の系譜

時の流れは早い
見てみろよ　僕はどうなった？
自分の可能性を模索してきたのにこのザマさ
自分自身とても気難しくしてたから
いま周りを見回すと
木々の葉は茶色くなり
空はもう　冬のかすんだ色合いをしてる

＊洋楽和訳 Neverending Music（2024）より引用

　この曲からは、「将来に対する漠然とした不安」に対する共感を、私たちは感じ取ることができる。

（2）
Ça n'arrive qu'aux autres － Michel Polnareff(1972)

La petite bête jouait au jardin
Et j'avais sa tête au creux de ma main

Un oiseau de plus
Un oiseau de moin
Tu sais, la différence c'est le chagrin

哀しみの終わるとき―ミッシェル・ポルナレフ
作詞：ミッシェル・ポルナレフ

小さな子は庭で遊んでいた
そしてわたしはその頭を手に抱いていた
小鳥が一羽増えたわけでも
小鳥が一羽減ったわけでもない
そう、違っていることといえば、それは哀しみ

＊朝倉ノニーの＜歌物語＞（2015）より引用

　映画『哀しみの終わるとき』（1971）の、主題歌である。
　せっかく授かった我が子を、突然の奇病で亡くした夫婦。

二人は、悲しみに打ちのめされ、もがき苦しむ。

　しかしながら、二人は、それを何とか乗り越えようとしていく。

　主演は、夫にマルチェロ・マストロヤンニ、その妻をカトリーヌ・ドヌーブが演じている。

（3）
Oasis － Do As Infinity（2000）
　作詞：D・A・I

　重ね合う　声も指も　満ち溢れる夢も
　今はただ　この瞬間
　見つめさせて

　すれ違う度に空を　眺めて舞い落ちる
　昨日の雪なら今頃　想いへと積もる
　かき集めた記憶には　何も映らない
　抱きしめてる言葉だけを　この風に乗せて

何処までも響き　消えないなら
せめて今日は　切ないまま
ああ　これ以上　傷つく勇気もない

唇が　伝えたくて　光よりも早く
きらめいた　言葉が今
羽　ひろげる

追い掛けて強がっても　何も生まれない
暖めてる想いだけが　この冬を溶かす

いつまでも揺れて　やまないなら
せめて今日は切ないまま
ああ　これ以上　傷つく勇気もない

重ね合う　声も指も　満ち溢れる夢も
今はただ　この瞬間
見つめさせて

凍える世界だって　まぶしいくらいのキラメ

23、ポピュラー音楽における実存哲学の系譜

キが
今の二人をきっと　照らしてくれるはずよ

透き通った　心が今　私を　包むから
鮮やかに　色づいてく
生まれ変わる

＊ Uta-Net（2024）より引用

　Do As Infinity の代表曲である。
　作詞は、鈴木直人と伴都美子（vocal 担当）の共作で、鈴木に手ほどきを受けながら、書かれたそうである。

　この曲は、「愛の歌」でありながらも、傷つく勇気もない自分が鮮やかに色づいてく。生まれ変わる。そんな自分自身という「存在の根拠」をも、想起させる。そこには、深い思いが、実は、隠されているように思われる。

(4)

　筆者は若い頃に、サイモン＆ガーファンクルの曲を聴いて英語を勉強した。

　また、ミッシェル・ポルナレフの歌詞でフランス語を学んだ。

　さらに、Do As Infinity の曲は、麻酔科医として働いていた頃に、「手術室」で手術中、毎日のようにかかっていた、思い出の曲である。

　思春期の若者にとって、将来は漠然としており、その不安から逃避したくなることも、たびたびある。

　筆者の場合、そのような時期にサイモン＆ガーファンクルの曲を聴いた。

　そして、この曲は、忘れ得ぬ思い出の曲となった。

　また、大学生の頃、映画『哀しみの終わるとき』（1971）の主題歌は、深く鋭く、しかしながら、温かく、やさしく、筆者の胸に突き刺さった。

23、ポピュラー音楽における実存哲学の系譜

　せっかく授かった我が子を、突然の奇病で亡くした夫婦。二人は、悲しみに打ちのめされ、もがき苦しむ。しかしながら、二人は、それを何とか乗り越えようとしていく。そこには、言葉によっては表現しえない、様々な人生の深み・深淵が存在している。

　批評家の小林秀雄は、「子どもを失った母親の哀しみ ── それは、批評といった行為の極北に位置しており、誰も、言葉にすることができない」と、述べている。
　このミッシェル・ポルナレフの歌詞も、筆者にとって、忘れ得ぬ思い出の曲となっている。

　さらに、筆者が麻酔科医として働いていた頃は、悪戦苦闘の日々だった。「手術室」で手術中、毎日のようにかかっていた、思い出の曲 Oasis（2000）は、その時期の自分を想起させる。
　手術室、それも深夜、そこには独特の雰囲気がある。そこは、手術というリアルな現実に対

して、秒単位で、医学的な処置が求められている臨床場面である。

しかしながら、手術が終わってから、かなり時間が経過して、極度の緊張感が解けてくると、ふと、自分はテレビドラマのセットの真ん中にいるのではないか。

この仮想現実は、巧妙に良く出来てはいるが、自分の周囲にある事物は、「存在の根拠」が本当に証明されえるものなのか。

そのような感覚に、襲われてしまうこともある。

その際には、自分自身という存在の実存的な根拠が、極めて曖昧なものであることを、ふと感じてしまう。

Do As Infinity の代表曲 Oasis（2000）は、「愛の曲」でありながら、そのような自分という「存在自体の基盤・意味」とも関与しながら、筆者の頭に浮かんでくる、忘れ得ぬ曲となっている。

　以上、筆者の頭に浮かんでくる、忘れ得ぬ曲

を三曲あげた。
　すなわち、
　冬の散歩道 ― サイモン＆ガーファンクル（1966）
　哀しみの終わるとき ― ミッシェル・ポルナレフ（1972）
　Oasis - Do As Infinity（2000）
について、具体的な歌詞の例をあげながら、自分の思いを詳しく述べた。

（5）
　ちなみに、ユング心理学の創始者であるC. G. ユング（1875-1961）は、「乗り越えて生きる」（überleben）ということを、詳しく述べている。

　すなわち、私たちは皆、人生の中で様々な問題に遭遇して苦悩する。学校、受験、親、友人、職場、家族、夫婦、嫁姑、子供、事故、病気、老いなど、人生のライフステージごとに、私たちは様々な問題に巻き込まれていく。ある時は、

それらに全てが飲み込まれてしまい、生を放棄したいという気持ちにもなってしまうことがある。

　しかしながら、時間が経過していくうちに、こころのマジックサークルの中で、次第にそういった問題は差し迫ったものでなくなっていく。
　問題は、相変わらず問題として、解決されずに残る。
　だが、次第に、こころの中心部から辺縁部に問題が移っていき、差し迫った「感情・思考・意志の動揺」をもたらすものではなくなっていく。

　そのような時（カイロス）が、いつかは、やってくる。
　時計で計る時間（クロノス）では、それがいつになるか、はっきり言うことはできない。
　しかしながら、かすかな希望の芽は、どんな

ときにも、どこかに、潜んでいるものである。
——このような意味の言説を、ユングは述べている。

（6）
　私たちが困難に直面している、まさにその真最中には、何かしらの救い・希望の光を、私たちは周囲に求める。
　筆者の場合には、それが文学であり、音楽であった。

　そのような経緯をへて、先に述べた「忘れ得ぬ曲、3曲」は筆者にとって、かけがえのないものとなった。
　そこには、私たちの日常生活を支え、生きていく上でのヒントとなるものが、多々隠されているようにも思う。

　そこにおいて、ポピュラー音楽という形態ではあるが、私たちの「存在する基盤・存在する

意味」を問い直す、深い「意味の深淵」を垣間見ることができる。

　それらは、自分にとって重要な人生の同伴者であり、「ポピュラー音楽における実存哲学の系譜」として、現在も生き続けている。

　以上、今までの自分自身を振り返りながら、「生の問題」に関する筆者の赤裸々な想いを述べた次第である。

　これをもって、本書の結語としたい。

❖ 著者プロフィール ❖

伊藤　和光（イトウ カズミツ）

1986年　同志社大学神学部卒業（卒業研究：新約聖書学）
1995年　東京大学医学部医学科卒業
2022年　放送大学大学院修士課程修了（日本文学専攻）
現職：高見丘眼科　院長
著書に、『日本文学の統計データ分析』『芭蕉連句の英訳と統計学的研究』『芭蕉連句の全訳：16巻576句の英訳および解説と注釈』『コンタクトレンズ診療の実際』（以上は東京図書出版から発刊）『評論集：宮沢賢治と遠藤周作』（牧歌舎）『こころに残る日本の詩15篇』（牧歌舎）『エッセイ集：日本文学が教えてくれたこと』（牧歌舎）など。

エッセィ集 vol. 2：医学、文学、自分のこと
===
　　　　　　　　　　　　　2025 年 4 月 1 日　初版第 1 刷発行
著　者　伊藤 和光
発行所　株式会社牧歌舎
　　　　〒 664-0858　兵庫県伊丹市西台 1-6-13 伊丹コアビル 3F
　　　　TEL.072-785-7240　FAX.072-785-7340
　　　　http://bokkasha.com　代表者：竹林哲己
発売元　株式会社星雲社（共同出版社・流通責任出版社）
　　　　〒 112-0005　東京都文京区水道 1-3-30
　　　　TEL.03-3868-3275　FAX.03-3868-6588
印刷製本　冊子印刷社（有限会社アイシー製本印刷）
Ⓒ Kazumitsu Ito 2025 Printed in Japan
ISBN978-4-434-35581-3　C0095
日本音楽著作権協会（出）許諾第 2500804-501 号

落丁・乱丁本は、当社宛にお送りください。お取り替えいたします。